文‧圖｜**艾蜜莉‧瓦茲（Émilie Vast）**

法國視覺藝術家、攝影師、插畫家，也是19本書的創作者。瓦茲於1978年出生於艾貝內（Epernay），在漢斯（Reims）的高等藝術學校（ESAD）學習藝術和攝影，畢業後決定轉往平面設計發展。她熱愛大自然，擅長用柔和與充滿詩意的插圖講述小動物與植物的故事。她的植物標本館系列繪本曾獲得2010年波隆那拉加茲獎（Bologna Ragazzi Award）的提名。

想知道更多關於作者的介紹，請參考網站
https://www.emilievast.com/

譯者簡介｜**吳愉萱**

國立中央大學法文系畢業，曾任出版社編輯。譯有《不會寫字的獅子》、《我等待》、《敵人》、【哲學思考遊戲】系列書籍等。

小兔子的超能力

文‧圖／艾蜜莉‧瓦茲 Émilie Vast

譯／吳愉萱

獻給我的小兔子，
呂克和蘇珊

我最崇拜
超級英雄了！

是喔，為什麼？

因為他們都擁有超
能力啊！ 我也想要
有超能力！

是喔， 那你想要
擁有哪一種超能
力呢？

像是，憋氣憋很久，這樣我就可以去深海探險。

可是，這個超能力已經有動物有了，那就是……

海ㄏㄞˇ龜ㄍㄨㄟ！
海ㄏㄞˇ龜ㄍㄨㄟ可ㄎㄜˇ以ㄧˇ在ㄗㄞˋ海ㄏㄞˇ中ㄓㄨㄥ潛ㄑㄧㄢˊ泳ㄩㄥˇ六ㄌㄧㄡˋ
小ㄒㄧㄠˇ時ㄕˊ都ㄉㄡ不ㄅㄨˋ用ㄩㄥˋ換ㄏㄨㄢˋ氣ㄑㄧˋ，甚ㄕㄣˋ至ㄓˋ
還ㄏㄞˊ可ㄎㄜˇ以ㄧˇ在ㄗㄞˋ海ㄏㄞˇ裡ㄌㄧˇ睡ㄕㄨㄟˋ覺ㄐㄧㄠˋ呢ㄋㄜ！

是喔， 好吧……

反正那個超能力
對你來說不是很
實用， 畢竟海裡
又沒有胡蘿蔔！

那我想要可以改變顏色的超能力！

已經有動物做得到了，那就是……

變色龍！
變色龍會隨著心情或環境
改變身體的顏色。

對喔，我怎麼
沒想到。

　　　　　　　沒關係，咖啡色很
　　　　　　　適合你。
　　　　　　　我也不想看到你變
　　　　　　　成綠色或橘色，像
　　　　　　　根胡蘿蔔一樣！

好吧， 我換一個超能力： 我想要和遠方的朋友說話， 讓他們可以聽見我的聲音。

很可惜， 你永遠沒辦法比這種動物更厲害， 那就是……

藍ㄌㄢˊ鯨ㄐㄧㄥ！
藍ㄌㄢˊ鯨ㄐㄧㄥ的ㄉㄜ˙聲ㄕㄥ音ㄧㄣ可ㄎㄜˇ以ㄧˇ穿ㄔㄨㄢ越ㄩㄝ海ㄏㄞˇ洋ㄧㄤˊ，
呼ㄏㄨ喚ㄏㄨㄢˋ八ㄅㄚ百ㄅㄞˇ公ㄍㄨㄥ里ㄌㄧˇ外ㄨㄞˋ遠ㄩㄢˇ的ㄉㄜ˙同ㄊㄨㄥˊ伴ㄅㄢˋ。

哇啊！ 太厲害了！

不過我們喜歡窩在
洞穴裡， 好像也不
需要這種超能力。

那ㄋㄚˋ……會ㄏㄨㄟˋ飛ㄈㄟ呢ㄋㄜ？

會ㄏㄨㄟˋ飛ㄈㄟ很ㄏㄣˇ好ㄏㄠˇ，但ㄉㄢˋ一ㄧˋ點ㄉㄧㄢˇ
也ㄧㄝˇ不ㄅㄨˋ稀ㄒㄧ奇ㄑㄧˊ，因ㄧㄣ為ㄨㄟˋ很ㄏㄣˇ
多ㄉㄨㄛ生ㄕㄥ物ㄨˋ都ㄉㄡ會ㄏㄨㄟˋ飛ㄈㄟ。

就ㄐㄧㄡˋ像ㄒㄧㄤˋ小ㄒㄧㄠˇ鳥ㄋㄧㄠˇ、蝙ㄅㄧㄢ蝠ㄈㄨˊ……還ㄏㄞˊ有ㄧㄡˇ上ㄕㄤˋ萬ㄨㄢˋ種ㄓㄨㄥˇ昆ㄎㄨㄣ蟲ㄔㄨㄥˊ都ㄉㄡ會ㄏㄨㄟˋ飛ㄈㄟ！

果ㄍㄨㄛˇ蝠ㄈㄨˊ

鳳ﾎｳ頭ﾄｳ鸚ｲﾝ鵡ﾑ

鳥ﾄﾘ翼ﾖｸ鳳ﾎｳ蝶ﾁｮｳ

好像是這樣耶！
這樣想一想，會飛
一點也不特別。

而且你要飛去哪裡
呢？天上又沒有胡
蘿蔔！

既然這樣，我要
在水上行走的超
能力！
這就不是大家都
會的了吧！

嗯，還真的有別
的動物會呢！那
就是……

雙冠蜥ㄒ！
雙冠蜥ㄒ可ㄎ以ㄧ快速穿越靜ㄐㄥㄓ止ㄓ
的ㄉ水ㄕㄨ面ㄇㄢ， 最遠ㄩㄢ的ㄉ距ㄐㄩ離ㄌ可ㄎ長ㄔㄤ
達ㄉㄚ五ㄨ公ㄍㄨㄥ尺ㄔ唷ㄧㄛ！

真是不可思議！

因為他的身體很輕盈啊！
如果你也想像他一樣在水
上跑，那你可得少吃點胡
蘿蔔才行，哈哈哈！

我不會放棄的。
我想到了！
只要多練習，我
也可以跑得非常
非常快吧！

沒錯，你已經跑得
很快了，但你絕對
不可能贏過……

獵豹！
獵豹全力奔跑的時候，
時速可以高達近100公里！

真不公平，我永
遠也沒辦法跑那
麼快！

嘿，往好處想，胡
蘿蔔不會跑，你不
必跑那麼快也能抓
住它們！

好，那我要變成全
世界最強壯的！

你恐怕又要失望了。
我認識一種昆蟲，他
就超級強壯喔！那就
是……

糞ㄈㄣˋ金ㄐㄧㄣ龜ㄍㄨㄟ！
糞ㄈㄣˋ金ㄐㄧㄣ龜ㄍㄨㄟ可ㄎㄜˇ以ㄧˇ拖ㄊㄨㄛ動ㄉㄨㄥˋ比ㄅㄧˇ
自ㄗˋ己ㄐㄧˇ重ㄓㄨㄥˋ 1000 多ㄉㄨㄛ倍ㄅㄟˋ的ㄉㄜ˙
東ㄉㄨㄥ西ㄒㄧ！

真是天生神力啊！

可是我們也用不到這種神力，我們的小爪子一次只能抓起一根胡蘿蔔。

你說得對。
那要是我可以從很遠的地方就聞到哪裡有胡蘿蔔呢？

這種能力超級棒！
但我認識的嗅覺之王是……

北極熊！
據說北極熊在 20 公里外就可以聞到獵物的味道！

幸好我不住在北極，不然他一下子就找到我了！

我們有沒有這個超能力好像也沒關係，因為胡蘿蔔一直長在同樣的地方！

好吧，那我試試最後一種超能力：我要能看見周圍所有東西的能力！

嗯，不過……

你已經擁有這種超能力啦！
兔子的視力超級棒，可以同時看到四面八方呢！

啊哈！原來我也是
超級英雄！
這下子你別想偷吃
我的胡蘿蔔了，我
其實都看得到喔！

嘿嘿，別忘了我也有
這個超能力！
我們的視力這麼棒，
一定是因為吃了很多
胡蘿蔔！

那小朋友呢？
他們也有超能
力嗎？

有啊， 小朋友的超能力最
厲害了！
他們有辦法學習並記住我
們剛剛說的所有事情， 所
以我們都是超級英雄唷！

太棒了！

知識繪本館

小兔子的超能力
JE VEUX UN SUPER POUVOIR !

文‧圖│艾蜜莉‧瓦茲（Émilie Vast）
翻　譯│吳愉萱

責任編輯│詹嬿馨
美術設計│李潔
行銷企劃│張家綺

天下雜誌群創創辦人│殷允芃
董事長兼執行長│何琦瑜
兒童產品事業群
副總經理│林彥傑
總編輯│林欣靜
版權主任│何晨瑋、黃微真

出版者│親子天下股份有限公司
地址│台北市104建國北路一段96號4樓
電話│（02）2509-2800　傳真│（02）2509-2462
網址│www.parenting.com.tw
讀者服務專線│（02）2662-0332　週一～週五 09:00~17:30
讀者服務傳真│（02）2662-6048
客服信箱│parenting@cw.com.tw
法律顧問│台英國際商務法律事務所 羅明通律師
製版印刷│中原造像股份有限公司
總經銷│大和圖書有限公司　電話：（02）8990-2588

出版日期│2023年01月第一版第一次印行
定價│360元
書號│BKKKC277P
ISBN│978-626-305-376-2（精裝）

訂購服務 ─────────────────────────
親子天下 Shopping│shopping.parenting.com.tw
海外‧大量訂購│parenting@service.cw.com.tw
書香花園│台北市建國北路二段6巷11號　電話（02）2506-1635
劃撥帳號│50331356　親子天下股份有限公司

國家圖書館出版品預行編目資料

小兔子的超能力/艾蜜莉‧瓦茲（Émilie Vast）
文‧圖；吳愉萱翻 譯；-- 第一版 .-- 臺北市：
親子天下股份有限公司, 2023.01；52面；
20×22.6公分 .--（知識繪本館）；注音版
譯自：Je veux un super pouvoir!
ISBN 978-626-305-376-2（精裝）

876.599　　　　　　　　　111018967

Conforme à la loi n° 49-956 du 16 juillet 1949 sur les
publications destinées à la jeunesse.
Achevé d'imprimer en Europe le 30 janvier 2020 sur
des papiers issus de forêts gérées durablement.
© Editions MeMo, 2020
Published by agreement through Hannele &
Associates and The Grayhawk Agency.

立即購買 >